Fun 心讀雙語叢書建議適讀對象：

初級	學習英文 0～2 年者
中級	具基礎英文閱讀能力者（國小 4～6 年級）

Marc Ponomareff 著

王平、倪靖、郜欣 繪

Tabitha and the Python

小老鼠貝貝與大蟒蛇

國家圖書館出版品預行編目資料

Tabitha and the Python: 小老鼠貝貝與大蟒蛇 /
Marc Ponomareff著;王平,倪靖,郜欣繪;本局編輯
部譯.－－初版一刷.－－臺北市：三民，2005
　　面；　　公分.－－(Fun心讀雙語叢書.小老鼠貝
　　貝歷險記系列)
中英對照
ISBN 957–14–4228–3　　(精裝)

1.英國語言－讀本

805.18　　　　　　　　　　　　　　94001178

網路書店位址　http://www.sanmin.com.tw

© **Tabitha and the Python**
——小老鼠貝貝與大蟒蛇

著作人	Marc Ponomareff
繪　者	王　平　倪　靖　郜　欣
譯　者	本局編輯部
出版諮詢顧問	殷偉芳
發行人	劉振強
著作財產權人	三民書局股份有限公司 臺北市復興北路386號
發行所	三民書局股份有限公司 地址／臺北市復興北路386號 電話／(02)25006600 郵撥／0009998–5
印刷所	三民書局股份有限公司
門市部	復北店／臺北市復興北路386號 重南店／臺北市重慶南路一段61號
初版一刷	2005年2月
編　號	S 805111
定　價	新臺幣壹佰捌拾元整

行政院新聞局登記證局版臺業字第〇二〇〇號

ISBN　957–14–4228–3　　(精裝)

For Justine

Tabitha the mouse and the elephants were walking through the jungle, towards the elephants' village. Suddenly the father elephant stopped. Waving his large ears, he seemed to be listening.

"The other elephants are gathered just ahead," he said. "It seems they have left the village."

"That's strange," said Jessica, a baby elephant.

"Wait here," said her mother. "Your father and I will find out what is going on. But please, NO exploring*."

With her trunk*, the mother kissed Jessica's cheek. Then
she blew a small, friendly breeze* across Tabitha's face. This
very nearly knocked the small mouse over backwards.

When her parents had left, Jessica began to feel bored.

And soon Tabitha, too, began to feel bored.

"Shall we explore?" asked Jessica, shyly.

"Yes!" answered Tabitha.

They went further into the jungle, until they had reached the elephants' village. Here they saw hundreds of scared animals rushing about. They saw baby chimpanzees*, bush babies*, lizards*, and skunks*. Even a mole* poked* its head from the ground, to see what all the fuss* was about.

8

"What on earth is going on?" said Jessica.

A parrot answered her from a tree: "A huge snake has moved into this part of the jungle. He is eating up everything smaller than himself."

"Everything?" asked Tabitha.

"*Everything,*" said the parrot. "The elephants have left,
because of the noise. They were bothered by all these animals
running about."

Tabitha had thought of a plan. She asked Jessica to bring along some of the spiky* fruit that was growing nearby. Jessica pulled down three of the fruit with her trunk. Then the friends walked further into the jungle, careful not to make any noise.

Suddenly a hissing* voice stopped them in their tracks.

"Sssssssooo, you have come to be my dessert!"

Tabitha and Jessica saw a huge python. The snake raised

its head from the ground, and looked down at the two animals.

"No, great snake!" said Tabitha. "But we bring you the finest fruit in all of Africa. And if this dessert doesn't satisfy you, well then — you may eat me up as well!"

The snake opened its eyes wide. "I agree," it hissed. Staring at the mouse, it moved its head closer and stuck out* its tongue.

Jessica dropped one after another of the large, spiky fruit into the snake's wide-open mouth. It swallowed all three of them, before a look of surprise crossed its features*.

The snake's body began twisting*. It felt a bad stomach ache coming on. It made horrible noises, and tore up the bushes with its body. Then it began slithering* down the hill towards the river.

Tabitha and Jessica heard a loud SPLASH, and then—silence.

"Now all of the animals can go home!" said Jessica.

"Your parents and the other elephants can return* to a *quiet* village," said Tabitha.

Jessica knew that the elephants would be pleased with her new friend.

生字表

python [paɪθɑn] n. 蟒蛇

p.4
explore [ɪk`splor] v. 探險

p.5
trunk [trʌŋk] n. 象鼻子
breeze [briz] n. 微風

p.8
chimpanzee [ˌtʃɪmpænˋzi] n.
黑猩猩
bush baby [ˋbuʃˌbebɪ] n.
灌叢嬰猴
lizard [ˋlɪzɚd] n. 蜥蜴
skunk [skʌŋk] n. 臭鼬
mole [mol] n. 鼴鼠
poke [pok] v. 伸出
fuss [fʌs] n. 忙亂

p.12
spiky [ˋspaɪkɪ] adj. 帶刺的

p.14
hiss [hɪs] v. 發出嘶嘶聲

p.16
stick out　伸出

p.18
feature [fitʃɚ] n. 容貌，面孔

p.20
twist [twɪst] v. 扭轉
slither [ˋslɪðɚ] v. 滑行

p.22
return [rɪˋtɝn] v. 返回

adj.=形容詞，n.=名詞，v.=動詞

故事中譯

p.2

　　小老鼠貝貝和大象一家正步行穿越叢林，朝著大象的村莊走去。突然間，象爸爸停下腳步，揮動著他的大耳朵，似乎在聆聽什麼聲音。

p.4

　　他說:「其他的大象正聚集在前面，看起來他們好像離開了村子。」

象寶寶小潔說:「這真奇怪！」

象媽媽說:「在這兒等著，妳爸爸跟我要去看看到底發生了什麼事。但是，千萬不可以到處亂跑喔。」

p.5

　　象媽媽用她的鼻子親了親小潔的臉頰，然後又親切的對著貝貝的

25

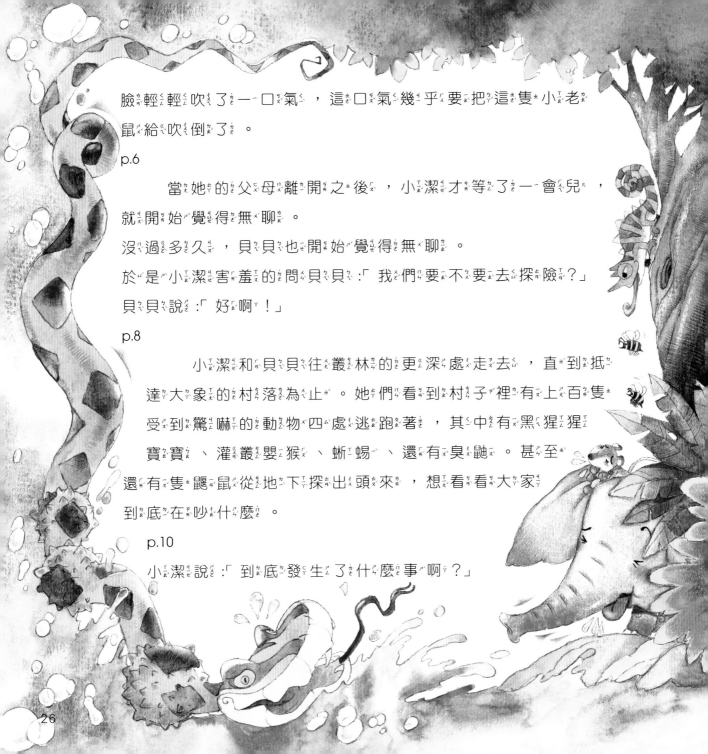

臉輕輕吹了一口氣，這口氣幾乎要把這隻小老鼠給吹倒了。

p.6

當她的父母離開之後，小潔才等了一會兒，就開始覺得無聊。

沒過多久，貝貝也開始覺得無聊。

於是小潔害羞的問貝貝：「我們要不要去探險？」

貝貝說：「好啊！」

p.8

小潔和貝貝往叢林的更深處走去，直到抵達大象的村落為止。她們看到村子裡有上百隻受到驚嚇的動物四處逃跑著，其中有黑猩猩寶寶、灌叢嬰猴、蜥蜴、還有臭鼬。甚至還有隻鼴鼠從地下探出頭來，想看看大家到底在吵什麼。

p.10

小潔說：「到底發生了什麼事啊？」

在樹上的鸚鵡回答她說：「有一條大蟒蛇搬到叢林的這邊來了，而且還把所有比他小的東西全部吃掉。」

p.11

貝貝問：「所有的東西？」

鸚鵡說：「沒錯，所有的東西。大象們因為這些噪音而離開了。他們被這些四處逃跑的動物們吵得不得安寧。」

p.12

貝貝想到了一個計畫。她要小潔帶著一些長在附近、帶有尖刺的水果，然後一起去找那條大蟒蛇，所以小潔就用她的長鼻子摘下了三顆。接著，她們兩個就小心不發出任何聲音的往叢林中走去。

p.14

突然間，一陣嘶嘶聲讓她們停

了下來。

「嘶嘶嘶……看來，妳們是來當我的點心的吧！」貝貝和小潔看到了這條好大的蟒蛇，他從地上抬起頭，往下看著她們兩個。

p.16

貝貝說：「不是的，大蛇！但是我們為你帶來了全非洲最上等的水果。如果這個點心還是沒辦法滿足你的話，那麼──你可以把我也吃掉！」

蟒蛇把眼睛睜得大大的，然後嘶嘶的說：「好吧！」他一邊盯著這隻小老鼠，一邊把頭靠向她們，還吐出他的舌頭。

p.18

小潔把帶刺的大水果一個接著一個，丟進蟒蛇張得大大的嘴巴裡。在他把三顆水果全吞下去之後，他的臉上露出了驚訝的表情。

p.20

　　大ㄉㄚˋ蟒ㄇㄤˇ蛇ㄕㄜˊ的ㄉㄜ˙身ㄕㄣ體ㄊㄧˇ開ㄎㄞ始ㄕˇ扭ㄋㄧㄡˇ動ㄉㄨㄥˋ。他ㄊㄚ感ㄍㄢˇ覺ㄐㄩㄝˊ到ㄉㄠˋ一ㄧˊ陣ㄓㄣˋ劇ㄐㄩˋ烈ㄌㄧㄝˋ的ㄉㄜ˙
胃ㄨㄟˋ痛ㄊㄨㄥˋ，還ㄏㄞˊ發ㄈㄚ出ㄔㄨ可ㄎㄜˇ怕ㄆㄚˋ的ㄉㄜ˙叫ㄐㄧㄠˋ聲ㄕㄥ；他ㄊㄚ扭ㄋㄧㄡˇ動ㄉㄨㄥˋ的ㄉㄜ˙身ㄕㄣ體ㄊㄧˇ把ㄅㄚˇ矮ㄞˇ樹ㄕㄨˋ
叢ㄘㄨㄥˊ都ㄉㄡ扯ㄔㄜˇ斷ㄉㄨㄢˋ了ㄌㄜ˙。然ㄖㄢˊ後ㄏㄡˋ，他ㄊㄚ開ㄎㄞ始ㄕˇ搖ㄧㄠˊ搖ㄧㄠˊ晃ㄏㄨㄤˋ晃ㄏㄨㄤˋ的ㄉㄜ˙滑ㄏㄨㄚˊ下ㄒㄧㄚˋ山ㄕㄢ
坡ㄆㄛ，朝ㄔㄠˊ著ㄓㄜ˙河ㄏㄜˊ流ㄌㄧㄡˊ的ㄉㄜ˙方ㄈㄤ向ㄒㄧㄤˋ滾ㄍㄨㄣˇ去ㄑㄩˋ。

p.22

　　貝ㄅㄟˋ貝ㄅㄟˋ跟ㄍㄣ小ㄒㄧㄠˇ潔ㄐㄧㄝˊ聽ㄊㄧㄥ到ㄉㄠˋ「撲ㄆㄨ通ㄊㄨㄥ」一ㄧˋ聲ㄕㄥ，然ㄖㄢˊ後ㄏㄡˋ就ㄐㄧㄡˋ是ㄕˋ一ㄧˊ
片ㄆㄧㄢˋ安ㄢ靜ㄐㄧㄥˋ。

　　小ㄒㄧㄠˇ潔ㄐㄧㄝˊ說ㄕㄨㄛ：「現ㄒㄧㄢˋ在ㄗㄞˋ所ㄙㄨㄛˇ有ㄧㄡˇ的ㄉㄜ˙動ㄉㄨㄥˋ物ㄨˋ都ㄉㄡ可ㄎㄜˇ以ㄧˇ回ㄏㄨㄟˊ家ㄐㄧㄚ囉ㄌㄡ˙！」

　　貝ㄅㄟˋ貝ㄅㄟˋ說ㄕㄨㄛ：「你ㄋㄧˇ的ㄉㄜ˙父ㄈㄨˋ母ㄇㄨˇ跟ㄍㄣ其ㄑㄧˊ他ㄊㄚ的ㄉㄜ˙大ㄉㄚˋ象ㄒㄧㄤˋ也ㄧㄝˇ可ㄎㄜˇ以ㄧˇ回ㄏㄨㄟˊ到ㄉㄠˋ一ㄧˊ
個ㄍㄜˋ安ㄢ靜ㄐㄧㄥˋ的ㄉㄜ˙村ㄘㄨㄣ子ㄗ˙了ㄌㄜ˙。」

　　小ㄒㄧㄠˇ潔ㄐㄧㄝˊ知ㄓ道ㄉㄠˋ，大ㄉㄚˋ象ㄒㄧㄤˋ們ㄇㄣ˙一ㄧˊ定ㄉㄧㄥˋ會ㄏㄨㄟˋ很ㄏㄣˇ喜ㄒㄧˇ歡ㄏㄨㄢ她ㄊㄚ的ㄉㄜ˙這ㄓㄜˋ位ㄨㄟˋ新ㄒㄧㄣ
朋ㄆㄥˊ友ㄧㄡˇ。

小ㄒㄧㄠˇ老ㄌㄠˇ鼠ㄕㄨˇ貝ㄅㄟˋ貝ㄅㄟˋ與ㄩˇ大ㄉㄚˋ蟒ㄇㄤˇ蛇ㄕㄜˊ的ㄉㄜ˙故ㄍㄨˋ事ㄕˋ是ㄕˋ不ㄅㄨˊ是ㄕˋ令ㄌㄧㄥˋ人ㄖㄣˊ大ㄉㄚˋ呼ㄏㄨ過ㄍㄨㄛˋ癮ㄧㄣˇ呢ㄋㄜ˙？現ㄒㄧㄢˋ在ㄗㄞˋ，讓ㄖㄤˋ我ㄨㄛˇ們ㄇㄣ˙來ㄌㄞˊ練ㄌㄧㄢˋ習ㄒㄧˊ如ㄖㄨˊ何ㄏㄜˊ簡ㄐㄧㄢˇ短ㄉㄨㄢˇ的ㄉㄜ˙把ㄅㄚˇ這ㄓㄜˋ則ㄗㄜˊ故ㄍㄨˋ事ㄕˋ說ㄕㄨㄛ出ㄔㄨ來ㄌㄞˊ。

Part A 下ㄒㄧㄚˋ面ㄇㄧㄢˋ四ㄙˋ段ㄉㄨㄢˋ文ㄨㄣˊ字ㄗˋ簡ㄐㄧㄢˇ短ㄉㄨㄢˇ的ㄉㄜ˙描ㄇㄧㄠˊ述ㄕㄨˋ了ㄌㄜ˙「小ㄒㄧㄠˇ老ㄌㄠˇ鼠ㄕㄨˇ貝ㄅㄟˋ貝ㄅㄟˋ與ㄩˇ大ㄉㄚˋ蟒ㄇㄤˇ蛇ㄕㄜˊ」這ㄓㄜˋ則ㄗㄜˊ故ㄍㄨˋ事ㄕˋ的ㄉㄜ˙大ㄉㄚˋ略ㄌㄩㄝˋ經ㄐㄧㄥ過ㄍㄨㄛˋ，不ㄅㄨˊ過ㄍㄨㄛˋ沒ㄇㄟˊ有ㄧㄡˇ按ㄢˋ照ㄓㄠˋ順ㄕㄨㄣˋ序ㄒㄩˋ排ㄆㄞˊ列ㄌㄧㄝˋ。請ㄑㄧㄥˇ仔ㄗˇ細ㄒㄧˋ讀ㄉㄨˊ一ㄧˋ讀ㄉㄨˊ這ㄓㄜˋ些ㄒㄧㄝ句ㄐㄩˋ子ㄗ˙，然ㄖㄢˊ後ㄏㄡˋ按ㄢˋ照ㄓㄠˋ故ㄍㄨˋ事ㄕˋ發ㄈㄚ生ㄕㄥ的ㄉㄜ˙順ㄕㄨㄣˋ序ㄒㄩˋ，在ㄗㄞˋ每ㄇㄟˇ個ㄍㄜˋ句ㄐㄩˋ子ㄗ˙前ㄑㄧㄢˊ面ㄇㄧㄢˋ填ㄊㄧㄢˊ上ㄕㄤˋ 1～4 的ㄉㄜ˙號ㄏㄠˋ碼ㄇㄚˇ。

_____ The snake began slithering down the hill and into the river.

_____ Tabitha thought of a plan. She asked Jessica to bring along some spiky fruit.

_____ In the jungle, a parrot said to Tabitha and Jessica, "A huge snake has moved into this part of the jungle."

_____ Tabitha and Jessica met the huge snake. Jessica dropped the spiky fruit into the snake's wide-open mouth.

No.

No.

No.

No.

都做好了嗎？現在，看著這些圖片，然後試著用自己的話把故事說出來。

關於蛇的小常識

小朋友，你知道蛇是什麼樣的生物嗎？為什麼大家都對牠們那麼害怕呢？其實在牠們看似嚇人的外表之下，有許多有趣的特質，等著你去發現呢！現在就讓我們來了解一下這種奇特的生物吧！

蛇屬於爬蟲類，所以牠們是變溫性動物，體溫會隨著週遭的環境而改變。牠們的適應力很強，能生長在各種不同的環境中，不過天氣太熱或太冷，牠們還是會受不了，所以蛇都會冬眠，熱帶地區的蛇甚至會夏眠呢！

有看過蛇脫皮嗎？蛇之所以會脫皮，是因為牠們身上有兩層皮，當蛇越長越大，內層的皮就會慢慢被往外推，變成外層的皮，這外層的皮在蛇身體變大時會脫落，就是所謂的脫皮了。

許多人對蛇印象最深刻的，莫過於牠們吞食獵物的功夫了。到底蛇是怎麼吞下那麼大的獵物呢？原來蛇的頭部構造相當特殊，骨頭的關節部分是用韌帶連繫，當我們人類嘴巴最大只能張開到30度時，蛇的嘴卻可以張開到 180 度喔！另外，蛇沒有胸骨，所以肋骨可以自由的向兩側擴張，在把獵物從嘴巴吞進身體之後，身體就會撐得大大的，這就是為什麼蛇可以吞下比自己的頭還大的獵物的原因。

很多人誤以為蛇都很危險，但其實大部分的蛇都對人類無害，即使是有毒的蛇也不會主動攻擊人，只有在面臨威脅或被攻擊時才會做出反擊。而且蛇類能幫助控制老鼠及其他齧齒類動物的數量（老鼠是蛇的主要獵物之一），對維持自然生態的平衡是相當重要的。

你知道嗎？

非洲最大的蛇類是非洲岩蟒 (African Rock Python)，牠們的平均長度是 5 公尺，最長甚至可達到 9 公尺呢！

世界上速度最快的蛇種——非洲的黑曼巴蛇——短距離內移動速度最快可達到一小時 16～19 公里，而人類短距離內可以達到時速 16～24 公里。

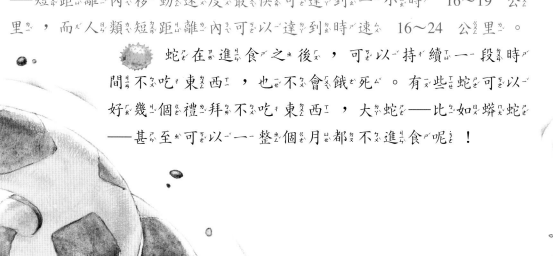

蛇在進食之後，可以持續一段時間不吃東西，也不會餓死。有些蛇可以好幾個禮拜不吃東西，大蛇——比如蟒蛇——甚至可以一整個月都不進食呢！

導讀

出版諮詢顧問／殷偉芳

　　近年來不斷有校園暴力事件的報導，其中最讓人震驚的，莫過於當學童被欺負或侵犯時，雖然有不少其他的同學在現場親眼目睹事件發生，卻只是袖手旁觀，不禁令人大嘆：「孩子們的道德勇氣都到哪裡去了？」然而當有正義感的孩子挺身而出，事發當時附近卻沒有成人可以從旁提供適當協助，結果會不會只是徒增幾名受害者呢？《小老鼠貝貝與大蟒蛇》的故事給了大家一個很好的答覆：「伸張正義、扶持弱小，必須要有勇亦有謀！」雖然貝貝礙於體型限制，無法與大蟒蛇匹敵，但她利用蟒蛇貪心的個性，並在象寶寶小潔的協助下，再次以機智戰勝惡勢力！

　　本書的練習著重在加強閱讀理解能力與閱讀效率，主要是讓孩子在讀完故事後，透過回想事件發生的順序，來看看他們對故事情節是否全面理解，同時達到溫習的效果。練習中利用文字摘要及簡單插圖，以圖文交互思考的方式幫助孩子記憶內容，最後鼓勵孩子用自己的話重新描述故事，不但能加深印象，還能訓練孩子思考及表達的能力。同樣的，家長及老師們可以在孩子讀完故事書後，帶領他們做類似的練習，也可以幫他們的閱讀效率打好穩定的基礎喔！

農場裡的小故事

別害怕！羊咩咩！

羊咩咩最討厭夜晚了，
到處黑漆漆的，
還有很多恐怖的黑影子，
而且其中一個黑影子
老是跟在他後面……
羊咩咩怎樣才能不再害怕黑影子呢？

快快睡！豬小弟！

上床時間到了，
豬小弟還不肯睡，
他還想到處玩耍，
可是大家都不理他，
他只好自己玩……

有一個農場，
裡面住著怕黑的羊咩咩、
不肯睡覺的豬小弟、
愛搗蛋的斑斑貓

和愛咯咯叫的小母雞，
農場主人真是煩惱啊！
他到底要怎麼解決
這些寶貝蛋的問題呢？

別吵了！小母雞！

小母雞最愛咯咯叫，
吵得大家受不了，
誰可以想個好法子，
讓她不再吵鬧？

別貪心！斑斑貓！

斑斑貓最壞了，搶走了小狗狗的玩具球，
扯掉豬小弟的蝴蝶結，
還吃光了農夫的便當……
她會受到什麼樣的教訓呢？

Moira Butterfield 著　Rachael O'Neill 繪圖　本局編輯部 編譯